당신과 나는 같은 자리입니다

당신과 나는 같은 자리입니다
권희수 시집

초판 인쇄 2020년 10월 20일
초판 발행 2020년 10월 25일

지은이 권희수
펴낸이 신현운
펴낸곳 연인M&B
기 획 여인화
디자인 이희정
마케팅 박한동
홍 보 정연순
등 록 2000년 3월 7일 제2-3037호
주 소 05052 서울특별시 광진구 자양로 56(자양동 680-25) 2층
전 화 (02)455-3987 팩스 (02)3437-5975
홈주소 www.yeoninmb.co.kr
이메일 yeonin7@hanmail.net

값 10,000원

ⓒ 권희수 2020 Printed in Korea

ISBN 978-89-6253-499-3 03810

당신과 나는 같은 자리입니다

권희수 시집

첫눈에 반한 이끌림 속에
저만치 서 있는 이별이 있듯이
사랑과 이별도 같은 자리

보고픔에 눈이 아려도
어느새 만남이 저만치 와 있듯이
애타는 그리움과 만남도 같은 자리

연인M&B

분명!
여린 햇살 사이로
서늘해진 바람 사이로
가을하늘에 감사와 위로로 두 번째 수를 놓습니다.

찬란한 새날이 와도
노을빛이 사그라져도
그대와 함께라서 늘 아름다운 길이었습니다.

살다가!
그대를 만나 살 만한 세상이었다고
깊은 울림 속 숙명의 길이었음을 알았습니다.

가족이 한 핏줄로 묶이듯
만물이 하나로 이어진 것처럼
그대는 나의 존재의 집에 연결된 지음(知音)입니다.

어쩌다!
내 허물
내 부족함은
그대 곁에서 순수를 찾아가는 여정이었을 것입니다.

　두 번째 시집을 노환의 무게를 견디시는 어머니와 제 곁의 그
대들에게 바칩니다.
　그리고 평택시 문화재단의 창작지원을 해 주신 관계자분들에
게 고맙습니다.

2020년 9월
덕동산 자락에서

| 차례 |

악보

노래로 읽는 시

1부

어떤 상황 속에도

— 당신의 사랑은 나의 전부입니다 —

어떤 상황 속에도

막연한 기다림에서 당신을 알고부터
강한 이끌림으로 가득찼습니다

아침에 눈을 뜨고 저녁까지
갈등, 미움, 시기, 원망까지도
당신은 또 다른 사랑으로 만들어 주었습니다

끝없는 길 위에서 길을 잃었을 때
당신은 다른 길을 내어 주었습니다

잠 못 드는 밤에도
당신만은 나의 밤을 지켜 주었습니다

가슴이 무너진 이별 앞에서
당신은 더 큰 사랑으로 감싸 주었습니다

어떤 상황에서도
당신은 나와 함께할 것을 믿습니다

당신을 만날 그날까지
당신을 향한 사랑을 키울 것입니다

그 어떤 상황 속에서도
당신의 사랑은 나의 전부입니다

오! 내 사랑 생명수
당신을 향한 저 높은 곳
날마다 당신과 함께 있기를 기도합니다

당신을 사랑합니다.

꽃이 피면 온다던 그대

진달래꽃이 피면 온다던 그대가
오지 못하는 충분한 이유가 있으니
꽃이 피고 지면 내년에 또다시 필 때
그때 꽃길을 걸으면 되지 않겠는가?

벚꽃이 피면 온다던 그대가
사회적 거리두기로 못 온다고 기별이 와도
피고 지는 꽃들이 한두 가지가 아니거늘
혼자 걸으면 꽃길이 아니겠는가?

소쩍새 울면 온다던 그대가
아파트에 살면서 소쩍새 소리를
들을 수 없어 깜박 잊었다 하여도
소쩍새처럼 슬프지 않으리라

수많은 사연을 안고 울어도
수많은 추억을 안고 울어도
그대의 별과 나 하나의
별을 같이 바라볼 수 있으니

봄밤
더 이상
외롭지 않으리라.

봄바람아 불어다오

아련한 동화 속을 돌아서면
밭이랑 사이 아지랑이가
흙속을 입맞춤하도록
봄바람이 되어 주오

뿌연 안개 속을 빠져나오면
강어귀 물안개에 포옹하는
봄바람이 되어 주오

넓은 들판 휘돌아서면
햇빛 쏟아지는 곳에서
어깨동무할 수 있도록
봄바람아 불어다오

봄의 여신
부활로
생명으로
봄바람아 가득 불어다오

그렇게
남녘에서 북녘으로
동쪽에서 서쪽으로
따뜻한 평화의 바람으로 불어다오

멈출 수 없도록….

가지 않는 길 위에 서서
-한 청년을 위한 노래

비가 오면 빗물 길을
만들어 흐르고

폭염 쏟아지는 날엔
땀방울로 길을 만들어 걷고

거친 길이 늘
시간 위에 서 있어야 했다

가지 않는 길 위에 서서

큰 바다를 향해
두려움 위태로움에
푸른 돛을 던지고

거친 파도 풍랑을
온몸으로 저항하며 인내하며
새 길을 만든다

거침없는 항해사
네가 길 위에 서 있기에
길은 계속 이어질 것임으로

무를 향해 온몸을 던져 봐
장쾌하게

목마른 사람에게
고운 길을 내어 줄 수 있도록.

* 한 청년: 이창민, SNS 작가 〈믿어 줘서 고마워〉에 수록.

촛불을 들고

어둠을 밀어내고
빛을 향하여

불의를 꺾고
정의를 향하여

꺼질 듯 작은 불씨
거리에서 광장으로

이게 나라냐
끓는 함성
별빛 무리 되어 밤하늘을 수놓는다

3월(3월 10일)의 봄 강은
따뜻한 절차의 정당함으로
눈물을 훔치며
정의의 빛을 밝힌다
이것이 나라다

소리 없는 옹어리
가늘 길 없는 비틀거림
영웅이 없어도

광장에서 의를 구한다

우리가 하나되어
이 광장에서 순수의 집을 짓는다

촛불에서
횃불로 빛을 들었다
어둠의 축소를 위하여.

2017년, 카덴차^(Cadenza)

봄꽃들이
화려함을 넘어
현란한 카덴차^(Cadenza)로 야단스럽다

마른 잔디 사이에서
움츠리며
겨울을 견뎌 낸 제비꽃도

깊은 골짜기
세찬 눈보라 이겨 낸
산벚꽃도 살아 있음을 앞다투며 피어난다

사회문화, 정치의 바름^(적폐청산)을 외친다.

* 카덴차(Cadenza): 음악에서 1악장 말미에 연주자가 즉흥으로 솔로 연주를 하는 것.

나락처럼

드넓은 들판에서
때론 다랑이논에서도
풀처럼 무논에 있다

서로를 껴묻고
물을 나누고
거름을 나누며

폭염
태풍
폭우도 서로 버텨 준다

나락처럼
서로를 껴안고
쓰러져도 함께 눕는다

연약하지만 기대고
함께하면 황금 들녘.

* 나락: 벼의 방언.

21

그대 영롱한 눈망울에 별을 심고 싶습니다

봄 씨앗을 키우고
계절 강을 건너
넉넉한 열매를 안고 우리 앞에 선 그대

훈훈한 바람 속으로
눈부신 가을 햇빛을 놓아
서로를 깨우고 세워 주는 아름다운 어울림이었습니다

그대는
들꽃들의 향연처럼
사랑의 지경을 넓혀 깊이 사랑하였습니다

촛불처럼,
남의 맛을 내어 주는 소금처럼
남을 제 몸처럼 섬기었음은 우리들의 귀감이었습니다

낙화할 줄 알면서도
황홀하게 눈 맞추며 웃어 주는 꽃처럼
낮은 자리에서 배경이 되는 우리들의 풍경이었습니다

그대가 몰고 온 가을
들녘의 곡식은 우리들의 겨울 창고입니다
찬란한 단풍은 새봄의 기약입니다

빈들에 서 있는 그대
영롱한 눈망울에 별을 심고 싶습니다
저 붉게 타는 저녁놀의 순수는 그대를 닮았습니다.

오페라 같은 사랑

괴롬
슬퍼도
죽음이 올 때까지
머리에서 가슴 깊은 곳까지

세상에서 가장 귀하고
값진 사랑으로
견디는 것 아픔까지

사랑을 남기기 위한
고통은 이미 고통이 아니듯
무대 위의 황홀한 몸짓

아!
폭풍우 가운데서도
날아오르는 환희
사랑의 오페라.

한여름 밤의 이야기

한여름 밤
어느 낯선 곳 찻집 커피 향기에
묻어 오는 삶의 뒤안길

소나기에 흥건히 젖은 옷을
아직도 말려야 하는 이야기

가랑비에도 속옷까지 젖는
지나간 옛사랑의 그림자

사소한 일상이 꿈이 된다는 것을
별들도 응원하는 한여름 밤

사람은 가고 오지 않아도
밤 깊은 여름밤 사랑과 낭만이
별만큼 알알이 박혀 있다.

어떻게 잠글까

문자도
전화도
차단하고
페이스북
친구 끊기

마음 따라 잠글 수 있지만

그대를 향한 깊은 그리움은 무엇으로 잠글까?

꽃샘바람아

너는 봄의 거친 몸짓
골짜기에서 휘몰아 온 바람몰이로
휘휘 산을 흔들어
나무들을 울게 하고
비탈진 나무들의 껍질이 깨어나도록
가지들을 부딪쳐 상처가 나도록 더 흔들어다오

봄 들판으로 내려와
들풀들을 시살스럽게 깨워다오

지난겨울 세찬 바람으로 닫힌 마음
다시 입맞춤으로 싹을 틔워
새살 돋도록

꽃샘바람아 거칠게 불어다오
생명이 너를 따라
태어나도록.

눈으로 꽃으로

사방 어둠 사이로
순백의 꽃이 고요히 내린다

전설의
전설처럼
하늘 가득 아득히 퍼져 하늘거린다

송이
  송이
    하롱
      하롱
안고 뒹굴며 추억이 춤을 춘다

사랑도
한때는 이렇게
순백으로 내려 쌓였었다

몽롱한 환희
서러운 순수
포근히 덮어 주는 솜이불

눈으로 꽃으로 먼길 밝히어
하이얀 길 밟고 오소서.

거룩하다는 것은

아름답다는 것
눈부시다는 것
넘치도록 가득하다는 것은
외로움과 고된 방황이 빚어낸 결정체

지나고 보니
고독
결별
아픔
배신까지도
거룩함을 만드는 로마의 모든 길

투쟁이나 불행은
축복의 창조 공장.

한번은 숨 고른 길을 건너야 한다는 것을

산모퉁이에서
능선을 돌면
또 다른 능선이 손을 잡는다

쉬운 길
깎아지른 내리막길
모두 봉오리와 어깨동무한다

산길을 걷다 보면
쉬운 길을 택하여도
한번은 가파른 오르막길을 헉헉거리며 건너야
산 정상에 오른다는 것을.

에너지 언어

너에겐
특별한 게 있어
생소하지 않으면서
힘을 낼 수 있는

너에겐
가슴 따뜻하게 데워 주는
기운 돋우게 하는
최고의 힘이 있어

신명 에너지
에너지 언어
참 좋은 말

당신을 사랑합니다
정말 감사합니다.

여름을 붙잡고 싶어

지부한 장마 속 폭우
가슴속까지 헉헉거리는
이글거리는 태양
온몸이 땀으로 뒤범벅이 되어도
한여름이 좋았더라, 라고
여름을 보내기 싫어
붙잡아 두고 싶어

가을은 한 해를 재촉해
매정한 가을아!

곱게 물든 잎사귀 하나
붙잡을 수 없음을 알면서도
붙잡고 싶었어

내년에 다시 온다는 순환도
거짓 손짓이라고 뿌리치며
붙잡고 싶었어

어제까지는 여름
오늘은 가을

매정한 계절
넌 칼날처럼 엄격하구나!

2부

그 사랑의 깊이

- 언제나 제 삶의 위로의 밭입니다 -

그 사랑의 깊이

살아도 살아 봐도
제 사랑의 원천은 당신으로부터 시작되었습니다

당신의 몸을 사르며
부어 주신 큰 은혜의 강물

나답게 살도록
인과의 과정은 거룩한 삶의 선물입니다

셀 수 없는 바닷물 같은 사랑
그 보답의 시늉, 지금도 작은 섬에 불과합니다

살아도 살아 봐도
언제나 제 삶의 위로의 밭입니다

그 사랑의 깊이
이순이 되어도 잴 수 없는 축복입니다

어머니!
늦가을 여린 햇살에 당신이 어른거립니다
파란 하늘에 당신의 옥색 저고리가 눈가에 와 젖습니다

노을이 질 무렵
전화하면 대답하실 것이지요?

오지 마라

오늘도 부르면 대답하신 어머니!

새해 아침 전화를 하며
전주로 출발한다 했더니

경쾌한 목소리로
-오지 마라
-잘 있다

'딸아 보고 싶다. 어서 오너라.'
애써 그리움을 숨긴다

전주에서 모녀는
점심도 먹고,
좋아하는 떡과 과일도 사고
전통찻집 쌍화탕으로 모녀지정을 덥힌다

걷기운동으로
딸 아들 보고픔을 메우신
서글픈 연한 미소

오늘은 외로움의 무게가
가벼웠을까
하루가 짧았을까.

5월의 붉은 장미처럼

겨울을 이겨 낸 가시넝쿨
한가득 꽃을 품고 왔다

5월의
햇살 사이로 훈풍 사이로
너를 향한 미소를 품고 왔다

눈짓만으로도
담장을 넘은 장미 향기는
세상을 향해 아우성이다

너를 넘어 이웃에게로
이웃을 넘어 우리에게로
앞다투어 손을 내민다

이름도 없이
바램도 없이
붉은 장미처럼 서로에게 덤이 되어 주자

우리 함께

담을 넘어
선을 넘어
사랑의 혁명을 일으켜 보자

5월의 붉은 장미처럼.

저문 강은 흐른다
-괴정리로 가는 길

해가 서산에 설리었다
눈이 부시도록 반짝거리는 윤슬은
그 어떤 영상으로 담아낼 수 없는 예술

10월 해 질 무렵
책여산 자락 괴정리로 가는 길은
불그스레한 노을빛이 강물에 걸리었다

저문 강물에 비친
홍조 띤 앳된 모습의 소녀
아무도 바라보지 않았지만

깊어 가는 10월 섬진강은
유유히 흐르는 시간 저 너머로
소녀를 시인으로 만들어 가는 긴 여정이었다.

호숫가 가을 하늘에

무슨 그리움이 많아
티 없이 맑고 높을까

무슨 보고픔이 많아
저토록 넓을까

무슨 피멍이 많아
저리도 시퍼렇게 물들었을까

하늘엔 듯
호수엔 듯
파아란 눈물이 고여 있구나!

저녁놀에 나란히 서서

봄부터 만추 올 때까지
교정에서 여고생을 위한
치열한 고민 밤을 지새웠다

교실을 떠나서도
삶의 가치를 찾아 시간을 나누며
가을 강에서 세월을 배웠다

실패담을 털어놓아도 '괜찮아'
서로 어깨에 기대고
'희망이 너의 것'이라고 건넨다

그뿐인가
음악회에서 클래식 선율에 취해
따뜻한 눈빛에 마음을 읽는다

어느 바닷가
저녁놀에 나란히 서서
노을 닮은 듯 곱게 물들인 두 얼굴

지향
그리고
나

이만하면 좋은 친구
자랑스럽게 축복을 더한다.

* 지향 박현자: 서예가, 고창여고에 함께 재직(수학과) 때부터 우정을 쌓은 친구.

장미의 자태

장미꽃이 가슴을 흔든다
사랑도
관계도
일상도
이토록 아름답게 하고 싶었다

그 자태
농염하게
넝쿨째 한데 어우러져
붉은 마음을 뽐내고 싶었다.

바다는 언제나 그 자리에

마를 수 없는
퍼낼 수 없는
잴 수 없는
닿을 수 없는
사랑으로 가득차 있다

어제는
삼킬 듯 사나운
산더미 같은 성난 파도

오늘은
아무 일도 없는 것처럼
언제나 그 자리에 평형을 이룬다

끝없이 달리고 싶은
바다와 하늘이 맞붙는 끝없는 사랑
가없는 곳에 닿을 수 있을까.

봄 쑥국

어머니의 보약
된장과 무를 삐어
넣어 달인

진한 쑥향에 어리는
당신의 사랑

내 쑥국에는
봄만 가득하다.

아! 가을

아!
가을 들녘
보기만 해도 고프지 않다

쌀이 익어 가는 소리가 들리는 듯
하늘만큼 부자다
이 넉넉함

햇빛
바람
풀꽃
흔들려도 부러지지 않는 허리
저절로 뽐내는 갈대

고맙고 기쁘다

그래서
길가 코스모스도
하늘을 이고 있나 보다!

선운사 꽃무릇

고창 선운사의 꽃무릇은
여름이 지나간 초가을 무릇이다

내 젊은 날의 모습을 닮지 않았을까?
허나, 지나간 꽃자리인 듯하다

추석 무렵 꽃은 해쓱해지고 있었다
정말 이순을 넘어가는 나였다

아!
-나도 초가을 지난 빛바랜 모습이야
어중간한 내 모습 거울 앞에 서 있다

실개천을 따라 도솔암 쪽으로
터벅터벅 걸으며
산과 물처럼 그대로를 원하였으나

어디에도
내 젊은 날의 발자국은 없었다
그 소녀들과 함께한 자연의 집도
자취 감춘 지 오래인 듯

물소리
새소리
바람 소리
추억만 내 발걸음을 따라왔다.

따뜻한 꽃이 되어

그때
60명 중 민영이는
고등학교 국어교사로
젊은 날 나와 같은 자리에 서 있다

30년이 훨씬 지났는데도
어제 같은 기억을 안고 온다

그때
우리는 사랑하고
가르치고
배우고
닮고

그때가
눈물겹도록 아름다운 강물이었다

지금까지
같은 기억 자리에서
서로가 따뜻한 꽃이란다

지극히 자연을 닮은 길 위에서
순환의 따뜻한 꽃 이야기

그때
민영이 친구들이 보고 싶다.

* 그때는 1985년 고창여고 1학년 모란반 담임을 한 때이다.

이화 같은 그대

4월은
이화 같은 당신의 계절입니다

햇빛 속으로 바람 속으로
싱그러움 그지없는 날

당신을 생각함은
배꽃까지 흐드러짐처럼
나도 순백의 이화로 가득차 있습니다

이런 날엔
허물과 부족함이 하얀 배꽃처럼
순수로 일 년 내내 피어 있는 그림입니다

노을 무렵엔
그대와 배꽃 사잇길을 걸으며
이화로 물들이고 싶습니다

I love you so much….

고은 결 거친 결

고운 결이 되기 위하여
시간이 필요했다

고운 결이 빛나기 위하여
거친 손이 필요했다

고운 결은 본디가 아닌
투박한 거침 위에 핀 꽃이다

거친 결이 겹칠수록 꽃봉오리를 키운다.

시 한 줄을

시 한 줄을
가슴에 맞이하여
순수로 마음을 적셔 보는 삶

가슴 밑바닥에서
퍼올린 영혼의 언어들을 껴안고
만남이 있는
친구가 있는 삶

우리를 위한 고민이 없이
자신만을 위한다면
종이가 필요하지 않는
가을이 없는 사람

시 한 줄을
가슴으로 적시며 눈물 머금은
진주 같은 삶

사람꽃 피우게 하는 삶
시 한 줄은 사랑의 강.

삶이 꽃피는 날
-이사 가는 날

지나온 때묻은 정은
작지만 나를 위하여 버텨 준 것들
고르고, 나누며
애써 미련을 버린
이사 가는 날

이사 가는 날은
묵은 정을 떼어 내고
낯섦에서 설레임으로
새 정이 깃드는 날

새 정이 깃드는 날은
번거로움이 신명으로
소풍 가듯
여행하듯
나그네 삶이 꽃피는 날.

아카시아 파마

그때 섬진강 방천에
아카시아 꽃향기는
괴정리 골목길을 휘감았다

향기에 취해
줄기의 잎을 따면서
숨 가쁜 가위바위보

남은 줄기로
동생의 머리카락을 감아 두면

곱슬곱슬
파마를 한 것처럼
새악시 머리가 된다

금세
동생의 얼굴이 포동포동
도시 아이들처럼 예쁘다.

3부

살아 있는 동안에

- 얼마나 담대한 시대의 발자취인가 -

살아 있는 동안에

살아 있는 동안에
열정을 바칠 수 있는
일이 얼마나 아름다운 일인가

살아가는 동안에
재능을 끊임없이 닦아서 나눈다는 것
얼마나 정다운 어울림인가

살아 있는 동안에
이웃에 무엇을 베풀어야 할지
고민하는 것은 얼마나 따뜻한 고민인가

살아 있음으로
다음 세대를 위하여 실천하는 양심은
얼마나 뜻깊은 거룩함인가

세상의 별을 찾아 사랑하며
뚜벅뚜벅 걷는 자의 뒷모습은
얼마나 담대한 시대의 발자취인가.

과정이 좋아

이토록 눈부신 절정을 위하여
봄부터 얼마나 많은 씨앗을 뿌렸을까

더운 여름 가꾸고
가뭄에 물 주기는
가을 열매를 위하여 얼마나 애탔을까

가을 하늘은 하늘대로
강물은 여울져 흐르고
바람은 영글어 가라고 속삭이고
열매는 가지마다 대롱대롱

풍요로운 빈들
거둠의 앙상함
절정의 쓸쓸함이다

절정보다 과정이 좋다.

아침의 사랑

서서히 어둠을 밀어낸다

아직 풀잎 이슬이 촉촉하지만
새들은 은행나무에 앉아
아침의 노래로
또 다른 사랑을 이야기한다

깨어나는 환희
피어나는 부드러움
사랑의 소리가
싱그러운 햇살에 눈부시다

화려한 봄날의 깊은 향기
아침
사랑.

덕동산의 봄
-봄동산을 걷고 싶다

동산 위에 봄꽃들이 야단스럽구나

꽃샘 폭풍이
가지마다 시살스럽게 흔들어
늦잠 잔 꽃순을 깨웠구나

혹한 견뎌 피어 낸 벚꽃은
사명을 마친 듯
꽃눈 되어 내리고 있지만

풀은 풀대로, 나무는 나무대로
마른 듯 가느다란 가지에도
물이 올라 잎사귀로 눈짓한다

속살거리다가
신명이 났다가
그저 같이 있어 좋은 사람들처럼…

동산 위의 봄꽃들이 헌사롭구나.

* 헌사롭다(고어): 야단스럽다.
* 덕동산: 경기도 평택시 비전동 산 84-14(필자의 집 뒷동산).

덕동산의 여름
-숲속을 거닐며

아카시아꽃이 지나간 자리
쌉쌀한 밤꽃 향기가
오솔길마다 부동(浮動)하다

풀꽃들도 앙징스럽게 웃고
이름 모를 산새들도 숲 사이에서
교태(嬌態)스럽게 재잘거린다

비둘기, 참새, 소쩍새…
소나무 가지를 타고 곡예하는 다람쥐
덕동산 숲길은 천상의 교향악이다

해가 길어진 하지 무렵
해가 아직도 남아 있는 저녁
삼삼오오 숲속을 거닐며

바람에 흔들리는 나뭇잎처럼
본능에 짝을 찾는 새들처럼
미소를 나누며 휴식을 걷는다

작은 오솔길에 들어서면
호젓이 큰 나무, 작은 나무들이

어깨 맞대고 밀어를 속삭인다
그저 같이 있어 좋은 사람들처럼…

소사벌 사람들의 여름을 식힌다.

4월의 옷

온 세상이 연둣빛 옷을 입는다

내 젊은 날!
저 파란 잎사귀처럼 나날이 푸르러지며
소망이 저렇게 피어나는 줄 알았다

무지개 뜨는 날은
환상 속의 존재로
내게 달려오는 줄 알았다

살아도
꿈꾸어도
내 속에 거룩한 내가 잘 안 보이지만

계절은 초록빛 옷을 입는다.

산이 거기에 있는 줄만 알았습니다

저만치
묵묵히
지금껏
푸른 산이 그곳에 있는 줄만 알았습니다

나지막한 속삭임
높은 봉오리의 치솟음
늘 그곳에서 뜻 없이
서 있는 줄만 알았습니다

그렇게 믿는 대로
의연한 묵시로
당신과 내가 계절을 안고
들꽃처럼 삶이 꽃피는 줄만 알았습니다

세월이 정지된 것처럼
언제나 그 자리에서
당신과 나를 이끄는 버팀목으로
닮아 가게 하는 줄 이제야 알았습니다.

어제보다 좋은 날엔

비 개인 숲속 길을
이리저리 걷다가 문득 미풍에
나지막한 그대 음성이 실려 오더이다
어제만큼 좋은 오늘

푸른 5월 찬란한 햇살은
나뭇잎 사이로 방긋이
그대의 미소를 비춰 주더이다
어제보다 좋은 날

바람 소리와 이름 모를
꽃잎 지는 소리에 그대 발자국 소리인가
자꾸 뒤돌아보더이다

구~구 구~구 산새 우는 소리
발걸음을 재촉하지만 휘어진
오솔길엔 그대와 걸었던
연분홍 꽃 빈자리에 바람 소리만 가득하더이다.

내 친구여

가깝고 먼 길을 함께 가는
책은 내 친구입니다

책은 만남입니다
시간을 넘나드는 깊은 만남

책은 선배입니다
길을 안내하는 내비게이션

책은 동지입니다
정의의 길을 목숨까지 어깨동무하는

책은 강물입니다
그칠 줄 모르고 주야로 흐릅니다

오롯이 사람의 곁에서
마음과 세상을 바꾸는 존재의 집입니다.

난초도 화답하는구나

일 년 동안 잊어버릴 만하면
그냥 한 마디씩 물을 주었다
아무 뜻 없이
-넌 꽃을 피우지 않니?

그렇게 일 년이 될 즈음
가느다란 꽃대가 부어올라와
그윽한 자태로 꽃향기 피워 냈다

한결같은 물주기의 정성
고결하게
고매하게
고상하게

-넌 꽃으로 화답하는구나.

장작불 심상

산에서
집으로
누군가의 열정의 도끼에 송두리째 맡겼다

가마솥
밥을 짓기 위해
불이 불을 껴안고 톡톡 토도독

누군들
한때
이글거림이 없었을까?

타는 꽃불
타다 남아도 재가 될 때까지
자신을 태워 뜨겁게 나누었을 것을.

저 빛깔이 나였으면

늘 싱ㄴ러운 초록빛은
나의 색깔이다

봄 하늘을 닮은 물빛은
나의 순수이다

타는 저녁놀
나의 열정이다

지금도 나였으면….

길을 걸었다

길을 걸었다
답답하다고 느낄 때

길을 걸었다
실타래처럼 엉켜 있을 때

그냥 걸었다
오르락
내리락
산길을 걸었다

땅 딛고 꽃피운 풀꽃에서
미소를 배우고
쭉 뻗은 나무보다 굽은 가지에서
버팀을 배우며
누구도 봐주지 않는 이름 없는 나무에서
우직한 한결같음을 닮아 본다

누군가 먼저 갔을 작은 길

걸었다
그냥 걸었다
길 위에 시원하게 길이 있다.

숲속의 만흥

5월 숲속
비 개인 오후

산들바람
이름 모를 꽃
산새들의 지저귐

맑고 순한 고요함
숲속 향기
만흥 속 나는 나무

베토벤의 곡 황제
자유롭게 듣다.

* Beethoven: Piano Concerto No. 5(황제,Emperor) in E-Flat Major, Op. 73-II.

꽃을 피운다는 것은

얼마나 긴 겨울을 견뎌야 하는가
꽃을 피운다는 것은

마른하늘의 혹한
살을 에이는 추위 속에서 얼마나 떨어야 하는가

봄볕 속에서도
훈풍이었다가
눈보라였다가
어느 날 후려갈겨지는 생채기로
얼마나 많은 흔들림을 참아야 하는가

꽃을 피운다는 것은
상처가 덧나고
아픔 뒤에 오는 존재.

황홀한 이 풍경을

사춘기부터
저 아름다운 가을 풍경을 어떤 언어로 표현할까
육십 년이 지나도 찾지 못했습니다

산은 산대로
물은 물대로
아무도 봐주지 않는 잡목들까지도
제각각 분량대로 불타고 있음을 어찌 표현할까

내일 떨어질지라도
끝까지 화려한 자태로 물듦
넌
그 무엇 한 가지라도 물들게 하였든가

관동별곡에서
산정무한에서
금강산 만폭동의 풍악(楓嶽)을 표현하듯이
감탄사라도 후련하게 호흡을 하였든가

타는 가을 풍경!
누구를 향하여 붉게 물듦이라고
말하지 않아도 좋다

그저
형형색색 너의 마음을 전한다는 것을
언어 표현은 찾아 무엇하랴.

* 풍악(楓嶽): 가을 금강산을 이르는 말.

예쁨

예쁘다는 것
예쁘게 보인다는 것
예쁜 마음을 갖는다는 것
예쁨을 나눈다는 것

세상을 이쁘게 보는 눈.

4부

같은 자리이어라

― 특별한 재앙은 특별한 기회로 같은 자리이어라 ―

같은 자리이어라

8월 푹푹 찌는 더위 속에
입추가 함께 있듯이
꽁꽁 어는 추위도 입춘과 같은 자리

첫눈에 반한 이끌림 속에
저만치 서 있는 이별이 있듯이
사랑과 이별도 같은 자리

보고픔에 눈이 아려도
어느새 만남이 저만치 와 있듯이
애타는 그리움과 만남도 같은 자리

죽을 만큼 아픈 병마
고통스럽지만 견딤과 치유도 같은 자리

재앙과 기회도 같이 있을까?
특별한 재앙은 특별한 기회로 같은 자리이어라.

오성강변에 서면

진위 물과 안성 물이 만나서
큰 강이 되어 하늘과 들판이
친구처럼 함께 평화를 빚는다
오성강변에 서면

강 건너 이국적인 풍경과
창내 사람들의 소박한 동경이
윤슬처럼 자유를 노래한다

자유와 평화를 제작한 마을과
창내 뜰 쌀 익는 내음이 어우러져
기름진 풍요를 만든다

넓은 들과 강물이 맞닿는 풍경
강물에 비친 붉은 노을빛에 취해
바다를 품어야 할 사랑의 시를 읊는다

오성강변에 서면
오성강변에 서면

그대가 있어 내가 있듯이
계절을 수놓은 강물처럼
먼 바다로 간다.

영변에 가고 싶다
-2018년 4월 27일

평화의 씨앗이 뿌려진 날
벅찬 기분으로 고성산에 올랐다

연둣빛 사이로 진달래꽃이
발그레한 분홍빛 눈웃음을 건넨다

정주 영변 약산에도
야들야들한 진달래꽃이 웃고 있을까

기차가 신의주로 달리는 날
영변에 가고 싶다

김소월을 만나 보고 싶다.

* 2018년 4월 27일 판문점에서 남북 정상회담이 있는 날.

78

코로나19가 준 집안놀이

동쪽 넓은 창으로
봄 햇살이 쏟아지는
거실은 봄을 닮은 축복의 놀이터이다

수선화 화분을 오늘은 이곳에
내일은 긴의자 곁에 두고
꽃과 대화를 하는 애정의 공간이다

구수한 밥 냄새, 냉이 된장국
요리 도구들이 노래하듯 춤을 춘다
부엌은 놀이의 창작 공간이다

봄바람 따라 흩어졌다가
다시 모이는 곳
저녁이 있는 식탁엔 평화의 꽃밭이다

코로나19가 준
집안놀이에 시간 가는 줄 모르고
가구처럼 박혀진 가족들 따뜻한 예술이다.

넘실거리는 보리밭 물결

5월 찬란한 햇빛에
넘실대는 보리밭 물결 미치도록 좋았다

보리밭의 초록빛이 좋아서
좁은 논두렁길을 걸으며
손으로 여린 보리 이삭을 쓸면서 걷곤 했다

맑은 봄바람은
이랑과 작은 길을 넘나드는
초록 물결 경이로움에 혼이 빠졌었다

이맘때가 되면
순수가 아렸던 동화 속 설레임
그 물결이 눈부시게 어른거린다

살랑거리는 바람과 종다리 가락에
넘실대는 보리밭 물결아

내 맘에도 파아란 물결로 머물러다오.

* 종다리: 종다릿과의 새를 통틀어 이르는 말. 유의어 종달새.

산이 옷을 입는다

나목으로 눈보라를 견뎠고
나목으로 꽃샘바람을 맞으며
속울음으로 별을 세며
묵묵히 견디었다

알아서 진달래 색으로 입었다가
알아서 싸리꽃과 산벚꽃으로 입었다가
알아서 연두색 옷을 입는가 싶더니
금방 진초록 저고리를 갈아입는다

우거진 숲은
서로에게 그늘이 되어
산들바람으로 더위를 식힌다

알아서 울긋불긋 물들어
무지갯빛으로 둘둘 말아서 뽐낸다

그러다가
첫눈으로
태곳적 신비의 순결을 입는다.

시간이 삶이다
-시간을 저축하는 학생에게

시간은 점이다

점은 순간순간의 소중한 알맹이다

알맹이는 작지만 열매를 만드는 과정이다

과정은 열매를 숙성시키는 성실이다

성실이 역사이다

역사가 너였구나!

운명의 그늘은 없다

그늘에는 빛이 있다
빛이 있어 그늘이 되었다

빛이 빛을 만들어 퍼지게 하듯
그늘도 빛만큼 퍼진다

빛이 있는 한 그늘은 없다
젖은 눈가도 금방 마르기 때문이다

운명에는 그늘이 없다
그늘은 길지 않을 테니까.

그 집에 가면, 이 집에 오면

그 집에 가면
나지막한 동산이 두 팔을 벌려 감싸듯
하늘과
햇빛과
바람을 한가득 보듬고 있다

그 집에 가면
달빛 계곡에 구름이 호젓이 흐르듯
소쩍새
배꽃 향기
마당에 자연을 푸지게 안고 있다

그 집에 가면
수런거리는 듯 자연을 닮은 듯
들꽃
풀꽃 새들까지
낮은 자리에서 수선스런 어울림을 즐긴다

이 집에 오면
바람은 햇빛 속으로
달빛은 골짜기 속으로
후미진 곳까지 사방으로 빛을 확장한다

이 집에 오면
동산 아래 아늑한
마당과 텃밭이 친구가 되듯이
좌우를 가르며 융합하고 통섭을 한다

하나님의 영이 함께한 꿈꾸는 요셉
평생 사랑을 심었던 슈바이처
민족이 하나되자던 김구
이름 없는 자유와 민주의 외침이
시간을 초월하여 선정을 이야기한다

이 집에 오면
사람도 풍경이다
빛과 소금이다
사랑으로, 섬김으로
질박한 순함으로 정이 철철 넘친다

그냥 좋다
그 집에 가면
이 집에 오면.

누구나 그리하듯이

누구나 그러하듯이
다시 오지 못할 사람
사무친 그리움을 가슴에 묻습니다

누구나 그러하듯이
계절이 또 와도 다시 만날 수 없는 혈육
눈을 감고 얼굴을 그려 봅니다

떠나보내고 그리워하는 것이 부질없듯이
더 잘해 주지 못한 후회가 마음 후빕니다

푸르디푸른 가을 하늘 허공에라도
그대를 불러 봅니다.

그대와 함께

따뜻한 봄볕과 바람에 속살을 내비친
봄동산의 황홀함을 함께 걸었듯이

물소리 바람 소리가 빚어낸
신록의 맑은 산 내음을 맡으며
땀 냄새와 함께 골짜기를 오르내렸듯이

한낮 따가운 햇살을 머리에 이고
누렇게 익은 벼이삭에 고개를 숙이고
길옆 하늘거리는 코스모스에 시선이 머물다가

아!
소나기와 폭풍의 흔들거림에도
꽃을 피워 내는 경이로움을 함께 바라보며
눈맞춤으로 뜨거운 약속을 하였듯이

그러다가
이름 없는 항구에서
어느 너른 들판에서
노을을 함께 바라보고 싶다

그대와 함께….

봄이 지는 순수를 찾아서

내일이면 봄이 진다 해도
맘껏 봄노래를 부를 것입니다

눈부신 햇살 사이로
연분홍 꽃잎 사이로
연두색 잎사귀로
수많은 밤을 새워 기다려 준 그대를 위해

늦도록 그대와
봄 숲속 사잇길을 걸을 것입니다

밤엔 소쩍새 노래가
구슬픈 반주를 해 줄 테니까요

별들이 쏟아지는
순수의 노래를 깊은 밤에도
덕동산 하모니는 계속될 테니까요.

트로트 ^(trot)를 부른다

웃고 우는
덩실대는 가락 속에
진한 삶의 애환이 서린다

기쁨과 슬픔
애잔한 가락 속에
가슴 저민 눈물이 흐른다

사랑과 이별
밀려오는 가락 속에
애타는 그리움만 절절하다

인연과 결별
눈물 고인 가슴속에
아픔도 진한 사랑이었단다

굽이굽이 휘어지는
강물에 울며불며 꺾고 꺾는 가락
꺽꺽 삼킨 눈물에 행복이 스민다.

길 위의 안단테^(Andante)

천천히
느리게 걷는다

민들레가 저 혼자서 피었다가
홀씨로 날아갈 준비를 한다

풀 속의 제비꽃이 유난한 보랏빛으로
앙증스럽게 살아 있음을 뽐낸다

천천히
느리게 세상과 걷는다

가로수들은 하늘을 이고
햇빛을 그늘로 서늘한 청량감을 준다

느림의 서정이
길 위의 자동차보다 세상의 창이 많다

천천히
안단테로 노래하듯이 걷는다.

* 안단테(Andante): [음악] 악보에서, 느리게 연주하라는 말.

가을 산을 안고 돌아도

가을로 가는 길목에서
추분이 지나면 찬서리가 내리고
밤이 점점 길어집니다

아직은 해가 진 후에도
잔광(殘光)이 남아 있어 청량감이
깊게 마음의 밭을 가꾸게 합니다

아침저녁의 기온의 차이로
가을 산은 저 혼자 재촉하여
산과 들을 곱게 채색합니다

붉게 타는 기다림이
그리움 되어 온몸을 물들이고
가슴속까지 홍조가 드는 가을 산을 안고 돌아봅니다.

또 한 알의 밀알이 되어
-평택대학교회 창립 15주년에 부쳐

1912년
107년 전
이 땅의 암울한 환경이 휘몰아칠 때
피어선은 한 알의 밀알을 이곳에 심었습니다

2004년 10월 3일
처음 우리 민족의 하늘이 열렸던 그날
처음 주님의 교회 하늘 문이 열리었습니다

오늘 창립 15주년
사춘기를 이쁘게 겪은 후
청년의 웅혼한 빛으로 하나님 꿈을 향합니다

사랑하고 섬기며
이웃을 내 몸같이

미움과 원망의 맺힘
용서를 일곱 번씩 일흔 번을

오직 마음을 새롭게
선하고 기쁜 뜻을 분별하며

아름다운 조화로 하나되어
흑암의 세계를 밀어내는 우리 교회

정의와 평화가 강물처럼
사랑이 물처럼 흐르게 하는 내 교회

우리 작은 예수가 되어
일어나 빛을 함께 나타냅시다
교회를 넘어 열방으로
기치를 높이 들고

한 알의 밀알이 되어
또 한 톨의 밀알이 되어
이곳에 예수님이 꿈꾸는 동산을 가꿉시다.

여름이 물러난 자리에

직렬한 이글거림
한참을 서 있을 수 없었던
불바다 같은 더위

서해에서
대관령을 넘어
알펜시아 음악당 숨 고르며
가냘픈 선율에 마음이 맞닿았다

동해에서
퓐현상에 몸을 싣고
경포대 모래 위를 걸으며

수평선 저 너머 파도와 바닷물이
너였음을 알고 있었다

여름이 물러난 자리에
넌 내 곁에 바다로 와 있었다.

당신과 나의 영원한 같은 자리를 꿈꾸며

김인수 (시인)

들어가며

시나 노래가 인간 세상에 존재해야 하는 이유를 한마디로 표현하기는 쉽지 않지만, 굳이 문학적인 이론이나 의미를 담지 않아도 존재 의미에 대해서는 누구나 쉽게 느낄 수 있을 것입니다. 또 이러한 이유가 꼭 시나 노래에만 해당하는 것은 아닐 것입니다. 예술의 모든 장르가 다 그렇고, 인간 세상을 구성하고 있는 모든 요소가 다 그렇습니다.

그 존재 의미가 어떻든 간에 우리가 늘 새겨야 할 가장 중요한 것은 그 모든 것들이 인간의 삶을 이루는 것이라는 점입니다. 삶은 인간이 살아가는 과정입니다. 과정이기에 끝이 아니고, 과정이기에 끝난 게 아닙니다. 끝난 게 아니라는 건 끝날 때까지 어떻게 될지 아무도 모른다는 것과 같습니다. 어쩌면 그건 인간에게 영원히 주어지지 않는 영역일지도 모릅니다.

그 속에서 인간이 할 수 있는 일은 허락되어지고 주어진 범위 안에서 자신의 존재를 성찰하면서 삶의 의미를 담고 가치를 부여하는 일입니다. 문학은, 철학은, 예술은 다 그것을 이루는 도구입니다. 그 속에서 인간은 다른 누가 아닌 바로 자기 자신이 존재하는 의미를 찾아가는 것입니다. 오랜 시간 동안 수많은 철학자들이, 예술가들이 추구해 온 인간의 존재 의미, 인간이 살아가는 이유에 대한 답입니다.

그런 면에서 보면 시는 참으로 딱 알맞은 도구요, 유용한 필요임에 틀림없습니다. 누구나의 마음속에 다 살아 있으면서도, 누구나가 다 쉽게 표현할 수 없는 느낌을 함축된 언어를 통해 묶어내기 때문입니다. 그 묶임으로 인해 우리는 누구나가 다 같은 사람일 수 있고, 누구나 다 시인이 될 수 있는 것입니다.

1. 당신과 나의 같은 자리를 꿈꾸며

시인은 늘 세상 사람들에게 "시인은 특별한 자리에 있는 사람이 아니다. 시인과 독자는 늘 같은 자리에 있다."고 합니다. 같은 자리를 노래하는 시인입니다. 시인의 마음 자체가 늘 같은 자리입니다. 그런 시인의 마음을 닮아 저도 늘 시인과 같은 자리에, 세상과 같은 자리에 있으려고 합니다.

140억 년이 넘는 우주의 역사에서 지금 우리는 같은 자리에 있습니다. 우리의 시간이 같기 때문입니다. 77억 명이 넘는 사람들 중에서 우리는 같은 자리에 있습니다. 우리가 함께 있는 공간이 같기 때문입니다. 같은 자리는 그 장구한 시간과 그 광활한 공간, 그 수많은 사람을 뛰어넘어 함께하는 자리입니다.

같은 자리는 그런 엄청난 의미를 지닌 자리입니다. 그러니 어

찌 시인이 권하는 같은 자리, 시인이 부르는 같은 자리에 앉기를
주저하지 않겠습니까? 어느 자리가 됐든 그 자리에 털썩 주저앉
아 시인과 한없이 얘기하고 싶은 마음입니다.

> 8월 푹푹 찌는 더위 속에
> 입추가 함께 있듯이
> 꽁꽁 어는 추위도 입춘과 같은 자리
>
> 첫눈에 반한 이끌림 속에
> 저만치 서 있는 이별이 있듯이
> 사랑과 이별도 같은 자리
>
> 보고픔에 눈이 아려도
> 어느새 만남이 저만치 와 있듯이
> 애타는 그리움과 만남도 같은 자리
>
> 죽을 만큼 아픈 병마
> 고통스럽지만 견딤과 치유도 같은 자리
>
> 재앙과 기회도 같이 있을까?
> 특별한 재앙은 특별한 기회로 같은 자리이어라.
> _〈같은 자리이어라〉 전문

지금까지 세상을 살아오면서 참으로 많은 자리를 만났습니다.
그만큼 많은 자리에 앉았습니다. 더운 자리도 있었고, 추운 자리
도 있었습니다. 기쁘고 즐거운 자리도 많았고, 때로는 슬프고 힘
들었던 자리도 있었음을 고백합니다. 그 자리들이 그냥 왔다가
가 버리고, 또 갔다가 오고야 마는 자리가 아님을 깨닫습니다.

그 자리들은 언제나 함께 다가오는, 같이 만나야 하는 같은 자리였습니다.

같은 자리는 그냥 자리가 아닙니다. 아주 평범하면서도 특별한 자리입니다. 누구나가 다 한 자리씩 차지하려고 애쓰는 귀한 자리도 아니고, 아무나 쳐다볼 수 없는 높은 자리도 아닙니다. 우리의 삶에 늘 함께하고 있는 자리입니다. 지금 이 순간, 당신이 앉아 있는 자리가 바로 그 자리이고, 제가 서 있는 자리가 바로 그 자리입니다.

비록 가진 것 없고, 초라할지언정 세상 한구석이나마 차지하고 있는 내 작은 자리가 누군가와 같은 자리라는 사실 하나만으로도 우리는 세상을 살아갈 수 있는 이유가 있는 겁니다. 같은 자리는 위대한 평등의 사상입니다.

문제는 같은 자리이길 거부하는 몸짓입니다. 같이 있다가도 먼저 앉으려 하고, 높이 앉으려 합니다. 그러니 온갖 질시와 모략, 성냄과 다툼이 일어납니다. 같은 자리이길 거부하는 안타까운 사람들이 주는 교훈입니다. 우리는 늘 세상과 내가 같은 자리, 당신과 내가 같은 자리임을 우리는 늘 잊어서는 안 됩니다.

2. 당신의 사랑의 깊이는 얼마입니까?

시인의 시를 하나하나 음미하노라면 늘 입가에 미소가 생겨납니다. 그러다가 어느 순간 자신도 모르게 눈물이 솟습니다. 미소와 눈물은 늘 함께 있는 것임을 시인은 우리에게 가르쳐 줍니다.

그럴 수밖에 없는 이유가 있습니다. 그 안에는 우리 인간이 가지고 있는 근원적인 마음이 담겨 있기 때문입니다. 제가 굳이 말씀드리지 않아도 다 아시겠죠? 바로 사랑입니다.

문학은 그 어느 것보다도 사랑이 깊이, 많이 담겨 있어야 합니다. 사랑이 담기지 않은 문학은 존재할 수 없습니다. 인간에 대한 사랑, 자연을 향한 사랑, 세상을 위한 사랑이 곳곳에 스며 있어야 합니다. 그래서 시집을 펼치는 것은 시인을 따라 우리 인간의 영원한 주제인 사랑을 노래하는 일입니다.

> 살아도 살아 봐도
> 제 사랑의 원천은 당신으로부터 시작되었습니다
>
> 당신의 몸을 사르며
> 부어 주신 큰 은혜의 강물
>
> 나답게 살도록
> 인과의 과정은 거룩한 삶의 선물입니다
>
> 셀 수 없는 바닷물 같은 사랑
> 그 보답의 시늉, 지금도 작은 섬에 불과합니다
>
> 살아도 살아 봐도
> 언제나 제 삶의 위로의 밭입니다
>
> 그 사랑의 깊이
> 이순이 되어도 잴 수 없는 축복입니다
>
> 어머니!
> 늦가을 여린 햇살에 당신이 어른거립니다

파란 하늘에 당신의 옥색 저고리가 눈가에 와 젖습니다

노을이 질 무렵
전화하면 대답하실 것이지요?

_〈그 사랑의 깊이〉 전문

'제 사랑의 원천은 당신으로부터 시작되었습니다'로 시작하는 노래를 들으면 우리는 누구나가 다 당신을 떠올리게 됩니다. 시인의 당신, 자기 자신만의 당신입니다. 저 또한 제 사랑의 원천이 저의 당신으로부터 시작하였음을 고백합니다.

비단 저뿐이겠습니까? 당신도 그러하실 테지요. 그 사랑은 어느 누구를 막론하고 다 품고 있는 사랑입니다. 당신의 몸을 사르며 일군 사랑이고, 자기 자신답게 살도록 해 준 사랑입니다. 그러니 큰 은혜의 강물이자 거룩한 역사의 선물이라는 엄청난 찬사를 붙인다 해도 전혀 부족함이 없습니다.

그 위대한 사랑에 대한 보답의 시늉은 지금도 작은 섬에 불과하다는 시인의 고백은 저 역시도 미처 해 보지 못했던 고백입니다. 아직 들어보지 못했던 고백입니다. 이 세상에서 가장 솔직하고, 가장 아름다운 고백입니다. 그러니 '노을이 질 무렵 전화하면 대답하실 것이지요?' 시인의 이 애절한 고백과 간청은 분명 전달되었을 것이라 믿습니다.

문득 한 가지 묻고 싶습니다. 당신의 사랑의 깊이는 얼마나 됩니까? 우리가 인간일 수 있는 이유는 사랑 때문입니다. 사랑이 있기에 우리는 구별된 존재일 수 있습니다. 오늘 우리를 존재하

게 하고, 우리를 살아가게 한 그 사랑의 원천을 생각하면서 우리
의 사랑의 깊이도 사유하지 않을 수 없습니다.

깊어야겠죠. 할 수만 있다면 깊고 또 깊어져야겠죠. 저와 당신
의 사랑의 깊이가 결국 우리가 살아가는 이 세상의 사랑의 깊이
가 될 테니까요. 그 사랑의 깊이가 우리가 살아가는 이 세상을
아름답게 만들어 가는 원천이 될 테니까요.

3. 봄밤, 당신도 더 이상 외롭지 않습니까?

긴 겨울을 보내고 봄을 맞이합니다. 봄의 자리에 섭니다. 살갗
에 와닿는 바람의 느낌도 느낌이지만 코에 스치는 향기부터 다
릅니다. 아직 꽃들도 많이 피어나지 않았을 텐데 봄은 그 향기를
어떻게 미리 품고 있다가 뿌리면서 오는 걸까요?

그런 중에도 유독 우리 곁에 빨리 찾아오는 꽃이 있습니다. 바
로 진달래와 개나리입니다. 목련도 빼 놓을 수 없습니다. 시인이
살고 있는 뒷동산인 덕동산에도 진달래가 있습니다. 저는 그 진
달래가 채 피지 않은 때에 시인과 함께 덕동산을 걸으며 진달래
를 보러 오겠다고 약속했습니다.

야속한 코로나19로 인해 약속은 물거품이 되었습니다. 저도 속
상했고, 시인도 속상했고, 아마 어쩌면 진달래도 속상했을 것입
니다. 진달래와 두 시인이 서로서로 뽐내고, 보아 주고, 감탄할
수 있는 좋은 자리를 놓쳤으니 얼마나 아쉬웠겠습니까?

진달래꽃이 피면 온다던 그대가
오지 못하는 충분한 이유가 있으니
꽃이 피고 지면 내년에 또다시 필 때
그때 꽃길을 걸으면 되지 않겠는가?

벚꽃이 피면 온다던 그대가
사회적 거리두기로 못 온다고 기별이 와도
피고 지는 꽃들이 한두 가지가 아니거늘
혼자 걸으면 꽃길이 아니겠는가?

소쩍새 울면 온다던 그대가
아파트에 살면서 소쩍새 소리를
들을 수 없어 깜박 잊었다 하여도
소쩍새처럼 슬프지 않으리라

수많은 사연을 안고 울어도
수많은 추억을 안고 울어도
그대의 별과 나 하나의
별을 같이 바라볼 수 있으니

봄밤
더 이상
외롭지 않으리라.

_〈꽃이 피면 온다던 그대〉 전문

천만다행으로 시인의 마음을 달래줄 수 있는 게 있습니다. 시
인에게 시를 빼 놓으면 뭐가 남겠습니까? '진달래꽃 피면 온다던
그대가'는 아쉬운 마음, 안타까운 마음을 참으로 아름답게 승화
시킵니다. 기다림의 미학입니다. 충분한 이유를 짐작할 줄 아는

배려, 내년에 또 걸으면 되지 않겠는가 하는 여유, 혼자 걸을 수도 있다는 용기, 더 이상 외롭지 않겠다는 다짐이 있습니다.

시인의 그대가 된 저는 참으로 행복한 사람입니다. 시인이 노래하는 그대는 또 누구입니까? 그 그대가 어찌 한 사람뿐이겠습니까? 시인의 시를 마음속에 담아 두는 사람이면 다 시인의 그대가 되는 것 아니겠습니까? 이 세상을 살아가는 우리 모두가 바로 그대가 아닙니까?

시인에게 꽃이 의미가 있는 건 그대가 있기 때문입니다. 꽃과 함께 오는 그대, 꽃이 피면 온다던 그대, 꽃을 보면 떠오르는 그대 말입니다. 그 그대가 있어 꽃이 피는 게 의미가 있습니다. 그 그대가 없다면 꽃이 피는 게 무에 그리 좋겠습니까? 꽃이 피는 걸 그리 애타게 기다릴 일이 무어란 말입니까?

'봄밤 더 이상 외롭지 않으리라'고 노래하는 시인의 마음속에는 그대가 있습니다. 오지 못하는 충분한 이유, 사회적 거리두기로 오지 못하는 사정을 다 이해하고도 남을 그대가 있기에 이 봄밤에 더 이상 외롭지 않을 수 있는 것입니다. 그러니 당신도 그 어느 봄밤이라도 더 이상 외로워하지 않으셨으면 참 좋겠습니다.

4. 당신도 트로트(trot)를 불러 보시지 않겠습니까?

지금 우리 사회에는 트로트가 대세입니다. 열풍이 불고 나서도 꽤 오랫동안 이어지고 있습니다. 미스트롯, 미스터트롯이 그 역할을 톡톡히 해 내고 있습니다. 트롯에 익숙하지 않았던 젊은이들도 쉽게, 그리고 자주 따라 부르는 걸 볼 수 있습니다.

독자의 마음과 늘 함께하는 시인이 이를 외면할 수는 없습니다. 직접 부르며 나섰습니다. 오늘 시인이 부르는 노래는 우리의 노래입니다. 우리가 부르는 노래입니다. 잘 부르고, 못 부르고가 뭐 그리 중요하겠습니까? 시가 그러하듯 노래도 역시 '잘하고 못하고의 문제'가 아닌 '하고 안 하고의 문제'입니다.

사실 어느 시가 되었든 시는 심각하지 않습니다. 심각해서도 안 됩니다. 논리도 설명도 필요하지 않습니다. 굳이 따질 이유도 없고, 따질 필요도 없습니다. 시인이 그렇게 노래하면 '그런가 보다, 아! 나도 그런데… 역시 시인도 그렇구나.' 하고 맞장구치며 따라가면 될 일입니다.

노래도 마찬가지입니다. 노래를 부르면서 심각해진다면 차라리 부르지 않는 게 낫습니다. 심각해질 필요가 없습니다. 노래는 그냥 부르는 것입니다. 가슴속에서, 마음속에서 터져 나오는 대로 부르는 것입니다. 그렇게 부르다 보면 시는 노래가 되고, 노래는 시가 됩니다.

웃고 우는
덩실대는 가락 속에
진한 삶의 애환이 서린다

기쁨과 슬픔
애잔한 가락 속에
가슴 저민 눈물이 흐른다

사랑과 이별

밀려오는 가락 속에
애타는 그리움만 절절하다

인연과 결별
눈물 고인 가슴속에
아픔도 진한 사랑이었단다

굽이굽이 휘어지는
강물에 울며불며 꺾고 꺾는 가락
꺽꺽 삼킨 눈물에 행복이 스민다.

_〈트로트(trot)를 부른다〉 전문

미스터트롯이 한창일 때 시인은 제게 이런 편지를 보내왔습니다.
"눈물로 써 내려간 얼룩진 일기장! 이 일기장이 몇 권이 된다
고 하면 넘 서러운 일이 있었을까? 사람의 마음속에 감동의 그
정서는 많이 교감되는가 봅니다.

그런 노래가 있는지도 몰랐던 나에게 그 프로그램에서 몇 곡
의 노래를 배우고 악보도 구하여 기타를 치며 불러 보았습니다.
원곡자보다 표현을 더 잘한 임영웅 씨의 목소리는 가사 표현을
자신의 가슴으로 하고 있었습니다. 그 프로그램에 출연한 가수
들은 모두 보기 드문 최고의 가수들이었습니다.^^"

이 시를 음미하다 보면 어느새 어떤 노래의 한 소절을 흥얼거
리는 자기 자신의 모습을 볼 수 있을 것입니다. 머리로 생각해서
부르는 노래가 아닙니다. 사고의 과정을 거쳐 나오는 노래가 아

닙니다. 노래를 좋아하는 사람이라면 그 느낌이 무엇인지 다 알 수 있을 것입니다.

시인을 따라 저도 트로트를 부릅니다. 지금 열심히 부르고 있습니다. 제 자신이 행복하기 위해 트로트를 부릅니다. 꺽꺽 삼킨 눈물에 행복이 스민다고 시인도 노래하셨으니 맞지 않습니까? 정말 제가 행복하기 위해서 부르는 것입니다.

코로나19는 사람들의 삶을 바꿨습니다. 사회적 거리두기, 생활 속 거리두기라는 말이 어색하지 않습니다. 몸은 떨어져도 마음은 가까이하자는 말도 이해가 됩니다. 그러니 이런 때일수록 우울하지 말고 더 행복해야 합니다. 행복은 다름 아닌 지금, 바로 이 순간 당신 곁에 있습니다.

궁금한 게 있습니다. 혹시 당신도 트로트를 부르십니까? 더 행복해지기 위해 오늘 한번 트르트를 불러 보시는 건 어떻겠습니까? 당신과 제가 행복해야 우리 모두가 행복하고, 우리가 살아가는 이 지구별이 행복으로 가득할 수 있음을 저는 믿습니다.

5. 당신도 누군가에게 덤이 되어 줄 수 있습니까?

5월의 세상은 온통 장미로 가득합니다. 가시넝쿨 한가득 꽃을 품고 온 장미입니다. 우리를 향한 미소를 품고 온 장미, 세상을 향해 온통 향기를 내뿜고 앞다투어 손을 내미는 장미입니다.

홀로 핀 장미도 아름답지만 함께 올망졸망 모여 있는 장미는 황홀합니다. 이곳저곳, 여기저기에 넝쿨로 핀 장미, 홀로 핀 장미들이 더 많이 눈에 들어옵니다. 정말 아우성치면서 앞다투는 그런 모습입니다.

> 겨울을 이겨 낸 가시넝쿨
> 한가득 꽃을 품고 왔다
>
> 5월의
> 햇살 사이로 훈풍 사이로
> 너를 향한 미소를 품고 왔다
>
> 눈짓만으로도
> 담장을 넘은 장미 향기는
> 세상을 향해 아우성이다
>
> 너를 넘어 이웃에게로
> 이웃을 넘어 우리에게로
> 앞다투어 손을 내민다
>
> 이름도 없이
> 바램도 없이
> 붉은 장미처럼 서로에게 덤이 되어 주자
>
> 우리 함께
>
> 담을 넘어
> 선을 넘어
> 사랑의 혁명을 일으켜 보자
>
> 5월의 붉은 장미처럼.
>
> _〈5월의 붉은 장미처럼〉 전문

코로나19로 인해 가뜩이나 위축된 삶, 애써 거리를 두어야 하는 우리를 바라보며 장미는 몸은 멀어도 마음만은 너를 넘어 이웃에게로, 이웃을 넘어 우리에게로 앞다투어 손을 내밀라고 가르쳐 주는 듯합니다.

조건이 없습니다. 대가도 없습니다. 오직 생명을 위한 헌신이요, 남을 위한 배려일 뿐입니다. 그 모습을 지켜보면서 붉은 장미처럼 이름도 없이 바람도 없이 서로에게 덤이 되어 주자는 시인의 아름다운 마음에 가슴이 뭉클해집니다.

장미의 가르침, 그것은 결국 사랑임을 깨닫습니다. 그냥 사랑이 아닙니다. 사랑의 혁명입니다. 5월의 넝쿨장미는 우리 곁에서 사랑의 혁명을 일으키는 혁명 투사인 것입니다.

이 마음을 담아 당신께 묻고 싶습니다. "당신도 누군가에게 덤이 되어 줄 수 있습니까?" 저는 믿습니다. 시인의 마음, 저의 마음이 바로 당신의 마음일 것입니다. 당신도 분명 사랑의 혁명을 일으키고 전하는 혁명 투사겠죠? 그런 당신이기에 당연히 누군가에게 덤이 되어 줄 수 있을 거라고 굳게 믿고 있습니다.

6. 어떤 상황 속에도 당신은 사랑할 수 있습니까?

제가 참 좋아하는 노래가 있습니다. 해바라기의 〈이젠 사랑할 수 있어요〉입니다. 제가 좋아하는 노래고, 잘 부르는 노래입니다.

> 난 눈물이 메마른 줄 알았어요
> 여태 사랑을 다시 못할 줄 알았어요
> 오늘 난 자욱한 연기 사이로 사랑의 짝을 보았어요
> 난 지금껏 어둔 밤을 헤맸어요

여태 지워야 할 기억이 너무 많았어요
오늘 난 식어 버린 마음 구석에 사랑의 불씨를 당겼어요
이제 다시 이제 다시 사랑할 수 있어요
이제 진정 이제 진정 웃을 수 있어요
방금 하신 얘기 그 눈길이 아쉬워
그대 곁에서 훨훨 떠날 수는 없어요

이 노래를 부르며 오늘 시인이 전하는 한 편의 시를 떠올립니다. 역시 사랑 노래입니다. 우리가 앞으로 맞닥뜨려야 할 세상은 어떤 세상일지 모릅니다. 앞으로 우리가 부딪쳐 나가야 할 상황은 어떤 상황인지 모릅니다. 그러나 분명한 것은 어떤 상황 속에서도 우리는 사람임을 잊지 말아야 한다는 것입니다. 이 세상에서 사람만이 할 수 있는 유일한 일, 즉 사랑을 할 수 있는 사람이라는 것을 잊어서는 안 됩니다.

막연한 기다림에서 당신을 알고부터
강한 이끌림으로 가득찼습니다

아침에 눈을 뜨고 저녁까지
갈등, 미움, 시기, 원망까지도
당신은 또 다른 사랑으로 만들어 주었습니다

끝없는 길 위에서 길을 잃었을 때
당신은 다른 길을 내어 주었습니다

잠 못 드는 밤에도
당신만은 나의 밤을 지켜 주었습니다

가슴이 무너진 이별 앞에서
당신은 더 큰 사랑으로 감싸 주었습니다

어떤 상황에서도
당신은 나와 함께할 것을 믿습니다

낭신을 만날 그날까지
당신을 향한 사랑을 키울 것입니다

그 어떤 상황 속에서도
당신의 사랑은 나의 전부입니다

오! 내 사랑 생명수
당신을 향한 저 높은 곳
날마다 당신과 함께 있기를 기도합니다

당신을 사랑합니다.

_〈어떤 상황 속에도〉 전문

시인은 세상을 향해 노래합니다. 어떤 상황 속에서도 사랑하라
고 말입니다. 사랑으로 내어 주고, 사랑으로 지켜 주고, 사랑으로
감싸 주고, 사랑으로 함께하고, 사랑으로 기도하라고 말입니다.
사랑은 인간의 삶에 있어 알파와 오메가입니다. 사랑은 어떤 상
황 속에서도 놓지 말아야 하고, 잃지 말아야 할 유일한 것입니다.
시인이 전하는 사랑 노래를 들으며 시인의 마음을 담아 당신
께 묻고 싶습니다. "어떤 상황 속에서도 당신은 사랑할 수 있습니
까?" 사랑이 전부입니다. 지금도, 내일도, 앞으로도 영원히 말입니
다. 앞으로 어떤 세상이 펼쳐진다 해도, 어떤 상황 속에서도 사랑

은 우리 곁에서 절대 떠나지 않을 것입니다. 당신을 사랑합니다.

나오며

잠깐이지만 아주 오랫동안 우리는 시인과 같은 자리에 머물렀습니다. 이 시집을 펼쳐 든 우리 모두는 다 같은 자리에 있는 것입니다. 주위를 돌아보면 지금 우리가 살아가는 이 세상에는 그들만의 리그가 되어 가고 있는 것들이 많습니다. 그런 세상을 늦추고, 지키는 게 문학의 역할이라고 한다면 위의 시들은 충분히 제 역할을 하고도 남음이 있습니다.

우리가 같은 자리여야 하는 이유는 분명합니다. 같은 인간이기 때문입니다. 온갖 현학과 위선을 벗어 버리고 진솔한 마음을 품고 같은 자리에 서 있어야 합니다. 시인이 우리와 같은 자리에 있다는 게 얼마나 행복한 일입니까? 포스트코로나 시대, 4차 산업혁명 시대를 살아가면서 갈수록 탈인간화되어 가는 시대에 얼마나 다행한 일입니까? 이러한 때에 세상에 나온 권희수 시인의 두 번째 시집은 "이 시대에 우리가 왜 시를 노래해야 하는가? 지금 우리에게 시가 왜 필요한가? 그리고 그 수많은 시인들 중에서 왜 권희수 시인의 시가 더 널리, 더 많이 퍼져 나가야 하는가."를 세심하게 알려 주고 있습니다.

많은 후학들이 삶의 롤 모델로 꼽고 있는 시인의 지나온 삶과 더불어 시어 곳곳에서 풍겨나는 따뜻하고 아름다운 시향 역시 롤 모델이 되어야 마땅하지 않을까 싶습니다. 지금 이 순간, 같은 자리에 있음이 행복입니다.

하나되는 삶이어라

권희수 시

굽이쳐 흐르는 슬픔이 있어도
물이 물을 부둥켜안고 강물로 흐르듯
세차게 몰아치는 격정이 있어도
바람이 바람을 안고 부드럽게 불어가듯
뜨겁게 내리쬐는 열정이 있어도
저녁 빛이 태양을 여리게 하듯이
사람과 사람 만남과 헤어짐이
함께 있을 때 삶이어라

굽이쳐 흐르는 고통이 있어도
물이 서로를 부둥켜안고 씻기어 주듯
모질게 바람이 나무를 흔들어도
나무는 서로를 껴안고 숲으로 이루어 가듯
시간이 아프게 흘러도 어느새
기쁨이 아픔을 보듬고 어루만지듯
사람과 사람 만남과 헤어짐이
함께 있을 때 삶이어라.

하나되는 삶이어라

권희수 시
최현규 곡

114

115

새봄의 기도

권희수 시

새봄에는 봄바람이 대지에 입맞추며
새잎을 싹트게 하는 것처럼
서로를 일깨우고 세워 주며
한데 어울리게 하소서

새봄에는 미움이 있는 곳에 꽃들의 향연처럼
사랑의 지경을 넓혀 사랑하게 하소서

새봄에는 추위와 시련을 견뎌야
생명을 잉태하는 것처럼
뜨거운 불덩이 같은 마음으로
늘 기도 기도 기도하게 하소서

꽃보다 열매보다 더 낮은 자리에서
배경이 되는 우리가 되게 하여 주소서.

새봄의 기도

권희수 시
최현규 곡

3

119

꽃 보 다

열 매

보 - 다 더 낮 은 자 리 에 서

배 경

이 되 는 우 리 가 되 게 하 - 여 주 소 서

120